AF274091

La Canadiense

PILAR SIERRA GARRIDO Y
ANTONIO RODRÍGUEZ JIMÉNEZ

La Canadiense

EDICIONES
COMPLUTENSE

El jurado compuesto por Mario de la Torre Espinosa, Luciano Muriel Alonso, Braulio Ortiz Poole y Basilio Rodríguez Cañada concedió el Premio Complutense de Literatura 2024 Programa Universidad para Mayores, en su modalidad de Narrativa, a la obra *La Canadiense* de Pilar Sierra Garrido y Antonio Rodríguez Jiménez.

Ilustración de cubierta: Natalia Yepes Benito

Fotografía de los autores:
Pilar Sierra Garrido y Antonio Rodríguez Jiménez

PRIMERA EDICIÓN: ABRIL DE 2025
PRIMERA REIMPRESIÓN: MAYO DE 2025
SEGUNDA REIMPRESIÓN: SEPTIEMBRE DE 2025

© 2024, Pilar Sierra Garrido y Antonio Rodríguez Jiménez
© 2025, Ediciones Complutense
    Universidad Complutense de Madrid
    Pabellón de Gobierno
    Isaac Peral s/n
    E-28015 Madrid
    T.: 91 394 1127
    info.ediciones@ucm.es
    http://www.ucm.es/ediciones-complutense

ISBN: 978-84-669-3917-1
Depósito Legal: M-5723-2025

Impresión
    Solana e Hijos Artes Gráficas
    Calle de San Alfonso, 26
    28917 La Fortuna, Leganés (Madrid)

Printed in Spain

Dedicado a la memoria de mis padres, Paulino Sierra y Jesusa Garrido, que siendo, como nuestras protagonistas, trabajadores desde niños, supieron transmitirnos su conciencia de solidaridad y justicia.

P. S. G.

A Marta, a Pablo, a mi familia.
Porque sois, porque estáis, porque le dais sentido a todo.

A. R. J.

Juntos, dedicamos este relato a todos los que no figuran en los libros de historia.
A los «anónimos imprescindibles» que, con su sacrificio, consiguen que esta avance.

«Aunque el otoño de la historia cubra vuestras tumbas con el aparente polvo del olvido, jamás renunciaremos ni al más viejo de nuestros sueños»

Miguel Hernández

Nota de prensa

En la madrugada del día de ayer, 4 de enero de 1920, ha fallecido en esta ciudad de Madrid el insigne escritor y académico don Benito Pérez Galdós, a los 76 años de edad. Figura incuestionable e imprescindible de las letras españolas. El que fuera reconocido como el «mejor novelista del mundo» y el, varias veces, candidato al Premio Nobel deja, junto a un enorme vacío, una extensa obra literaria de altísimo valor. Títulos como *Doña Perfecta, Marianela, Fortunata y Jacinta, Miau, Nazarín* y otros muchos ya forman parte de las mejores obras escritas en lengua castellana.

El mejor cronista de la historia de España, como lo atestiguan sus *Episodios nacionales,* no fue un observador distante o un estudioso del acontecer histórico, sino que él mismo quiso ser parte activa de la época que le tocó vivir. Activista cultural, social y político, fue diputado en Cortes, reconocido republicano, liberal y progresista.

Su carácter, de natural tímido, tampoco le impidió disfrutar de su éxito y de la vida, vida de la que extrajo el jugo que impregnaría su obra y su propia existencia. No escribía «de oídas»; buen conocedor de la naturaleza humana, su obra está repleta de personajes creíbles, reales e identificables con las miserias o la grandeza de dicha naturaleza. Fue, sin duda, el máximo exponente de la novela realista y naturalista.

Académico de la Lengua desde febrero de 1897, a pesar de la férrea oposición de los sectores más conservadores y católicos por su declarado anticlericalismo.

Soltero empedernido, se le conocieron numerosas y sonadas relaciones, de las que deja una hija reconocida, María Galdós Cobián, fruto de su relación con la modelo Lorenza Cobián.

A pesar de su enorme éxito, sus últimos años estuvieron lastrados por una profunda crisis económica, que solo consiguió paliar con la ayuda de amigos y cuestaciones populares. Su salud también se deterioró notablemente en sus últimos años, quedando prácticamente ciego y dependiente de su leal criado. A pesar de todo ello, no dejó de trabajar prácticamente hasta el último momento. Ante la imposibilidad de escribir él mismo debido a la ceguera, sus últimos trabajos fueron realizados al dictado por su fiel criado y ayudante, Francisco Menéndez García, dejando, al parecer, algún trabajo pendiente de publicar y algún otro inacabado.

En el momento de su fallecimiento, estuvo acompañado por su hija María, el marido de esta, Juan Verde, su sobrino José Hurtado de Mendoza, su ahijada e hija del matador de toros «Machaquito», su amigo Rafael de Mesa, Eusebio Feito, el general Pérez Galdós y su fidelísimo criado Paco.

Deja un profundo vacío en el mundo de las letras, una ausencia imposible de reemplazar, un gran dolor en familiares, amigos y admiradores. El pueblo pierde una voz insustituible, una voz que tan bien describió a ese mismo pueblo, un pueblo que, sin duda, le despedirá con un sentido homenaje.

Canario de nacimiento y madrileño de adopción y vocación, buen conocedor de palacios y tabernas, de señoritos y truhanes, de damas y cortesanas, de nobles y del pueblo llano; pueblo que siempre le consideró uno de los suyos y que, sin duda, le echará de menos durante largo tiempo.

El día cuatro Madrid amaneció triste y gris, el día cuatro toda España se vistió de luto.

Descanse en paz don Benito Pérez Galdós.

—Paco, presiento que esto se acaba.

—¿Que se acaba el qué, don Benito?

—¿Qué va a ser, hombre?, el camino, la vida. Que ya queda poco para llegar a la taquilla y sacar billete solo de ida, vamos, que me quedan dos diarios y el vespertino del jueves.

—¡Madre! ¡Cómo nos hemos levantado hoy, don Benito! Presiento que me va a dar usted el día.

—No seas impertinente, chico.

—Pues no sea usted cenizo.

Don Benito mira a su criado Paco con una sonrisa tierna y no dice nada, no replica, aprecia de verdad a ese muchacho que se ha convertido en sus ojos y sus manos, que le cuida, que, pudiendo gozar de una vida más libre y placentera, ha decidido sacrificar su tiempo convirtiéndose no solo en lazarillo, también en cuidador, ayudante, amigo y confidente. Casi como un hermano menor o un hijo. Además, sabe que tiene razón, pues, conforme avanzan los años y la enfermedad, su carácter se hace más huraño e insoportable y solo Paco o su propia hija son capaces de sacarle de ese profundo pesimismo y arrancarle una sonrisa, cuando no una carcajada.

—Tienes razón, Paco, discúlpame. Además, no tiene sentido lamentarse. Lo que tenga que ser será, llegará cuando tenga que llegar; que en esta cuestión uno solo tiene la capacidad de adelantar el desenlace pero no de atrasarlo, y no estoy yo por la labor de restarme días, todavía tengo pasos que dar, vinos que tomar y trabajo que hacer.

—Eso es, don Benito, tenemos mucho que hacer. Termine usted el desayuno, cámbiese de camisa y salgamos a dar un paseo, a ver qué nos depara hoy esta primavera madrileña.

—Paco, aunque tu sugerencia es atractiva, hoy nos quedaremos en casa y trabajaremos un poco, tengo alguna idea que me ronda la cabeza y me gustaría escribir sobre ella.

—No tiene usted término medio, don Benito; tan pronto se muere como le desborda el entusiasmo y las ganas de trabajar. ¿Qué es eso que tanto le ronda y que nos impide gozar de este precioso día de abril?

—¿No estás al tanto de todo lo que está aconteciendo en este país? Están cambiando los tiempos, mi querido Paco, y, con ellos, esta España nuestra, que va a sufrir una transformación de aquí a pocos años. Los trabajadores han tomado conciencia de grupo, se están organizando y han conseguido grandes avances en derechos y condiciones de vida. Aunque ya no puedo participar directamente de esa lucha, me siento en la obligación de narrar todo ese proceso y, utilizándolo como hilo argumental, hacer la crónica de este tiempo y estos acontecimientos.

—¿No estará hablando usted de retomar los *Episodios nacionales*? Porque lo que me está contando tiene toda la pinta.

—¿Y qué si así es, Paco? ¿Acaso no me crees capaz de ello? ¿Tan decrépito me ves?

—No, don Benito. Le creo a usted capaz de eso y de mucho más, que ya nos conocemos. Pero, lo dicho, no tiene usted término medio; pudiendo gozar de un tiempo de paz y sosiego, planea meterse en berenjenales que, o mucho me equivoco, o le van a generar nuevas enemistades, despertando otra vez las hostilidades de sus tradicionales enemigos conservadores y católicos.

—¿A estas alturas crees que me preocupan, cuando nunca lo hizo, los dimes y diretes de curas y condesitos? Muy al contrario, pues siempre tuve a gala haber sido objeto de sus ataques.

Este país está cambiando, Paco. Romanones tuvo que ratificar con su firma hace unos días la jornada de trabajo de ocho horas y después dimitir, y eso, mi querido Paco, es un hito de enormes dimensiones. ¿Cómo quedarme al margen de todo ello? El poco tiempo que me quede quiero emplearlo en poner negro sobre blanco ese triunfo y, aunque me temo que la lucha no va a terminar aquí, quiero dejar constancia de ella, para que en un futuro los trabajadores de este país sean conscientes y se sientan orgullosos de su propia historia. Necesito aportar mi grano de arena a ese cambio.

—¡Joder, don Benito!, cualquiera que le oiga va a pensar que es usted el Lenin español. Se junta con don Pablo Iglesias y pasa lo que pasa. Además, no empiece usted con lo de que me queda poco tiempo y esas monsergas, que me pone negro y, con tal de no oírle, hago lo que haga falta. Déjeme que recoja un poco todo esto, le termine de vestir y nos ponemos a ello.

BORRADOR
«EPISODIOS NACIONALES.
LA HUELGA DE LA CANADIENSE»

Capítulo 1

Cuando las campanas de Sant Agustí dieron la seis, Teresa llevaba tiempo despierta. Ese iba a ser su primer día de trabajo y por nada del mundo quería quedarse dormida y llegar tarde. El señor Montañés había sido muy amable y generoso con ella y con su madre al proporcionarle un empleo en la empresa Riegos y Fuerzas del Ebro, que estaba a escasos veinte minutos andando desde su casa en el Raval, lo que le iba a permitir no gastar nada en transporte.

El señor Montañés era un buen hombre, cierto que de alguna manera debió de sentirse obligado con ella y con su madre, después del terrible accidente que costó la vida de su padre en la construcción de la presa de Cabdella. Sus compañeros organizaron una colecta para que ellas no se vieran sin sustento de repente. No fue mucho, claro, no podía serlo, pero sí un gran gesto solidario que al menos les sirvió para mantenerse durante algún tiempo.

Sin embargo, nadie de la empresa se preocupó por ellas, salvo el señor Montañés, que había conocido a su padre en alguna de sus visitas a las obras y con el que entabló, si no un vínculo de amistad, sí una buena relación laboral.

Salvador Roca era un encargado justo y eficaz, apreciado entre sus compañeros, a los que siempre intentaba facilitar la labor. Un hombre que había sabido ganarse el respeto, no desde el principio de autoridad, sino desde la responsabilidad, con una visión solidaria del trabajo que no estaba reñida con la eficacia. El señor Montañés supo apreciar desde el primer momento estas cualidades, estableciéndose entre ellos una relación de respeto mutuo. Por eso, cuando se enteró de que el fallecido era Salvador Roca, fue a su domicilio para presentar personalmente sus condolencias a las dos mujeres y ofrecerle a Teresa un puesto de trabajo en la fábrica de la compañía, situada en la avenida del Paralelo.

Teresa se desperezaba en su cama, con cuidado de no despertar al pequeño Rafaelillo. El hijo de Juana la Murciana se había quedado a dormir esa noche con ellas, como tantas otras en que a Juana le salía «faena». El pequeño Rafael era una bendición y llenaba la casa de alegría. Ellas habrían preferido que el niño pudiera estar con su madre, pero les encantaba tenerle allí. Teresa le mimaba y para el niño nunca llegaba la hora de dormir si podía jugar o pintar con ella. Cuando empezaba a hacerse tarde le sentaba en su regazo e inventaba cuentos y canciones de cuna para él mientras, apoyando la cabecita en su pecho, el niño se dejaba arrullar por su voz y se iba quedando poco a poco dormido, reconfortado por el calor y el olor de su cuerpo. Juana solo las tenía a ellas; el resto del vecindario la rechazaba pero, como siempre decía Rosa, su madre: «No es fácil para una mujer criar a un hijo sola, y si Juana se había tirado a la calle era para alimentar al suyo», lo cual, según Rosa, la honraba. Mientras tanto, en la cocina, ya trajinaba haciendo el desayuno.

—Hija, te has *levantao* muy temprano, quedan casi dos horas para las ocho y la fábrica está muy cerca.

—Lo sé, madre, pero ya no podía dormir más. Estoy muy nerviosa y no quiero empezar llegando tarde el primer día. Tengo que estar bien despejada para causar buena impresión.

—No estés *preocupá*, Teresa, estoy segura de que vas a entrar con el pie derecho y, si en esa empresa son listos, enseguida se van a dar cuenta de lo mucho que vales, hija.

—¿Qué va a decir usted, madre?

—Digo la *verdá* y ya está, además lo digo yo y *to* el que te conoce bien. Ahora siéntate, te pongo un buen tazón de café con leche, azúcar y sopas de pan, además te he *preparao* algo de comida en un hatillo, un buen trozo de secallona, un cacho queso, pan y una naranja, agua supongo yo que habrá allí.

—Vale madre, pero antes vacío los orinales.

—Anda, anda, deja eso que ya lo haré yo. Tú desayuna tranquila, lávate y pórtate como la hija de tu padre. Que todos vean que el Salvador, además de buen trabajador, fue un gran padre y te educó bien.

—Madre, por favor, no se ponga triste. Seguro que padre nos ve desde donde esté y no le gustaría. Deme un abrazo y deséeme suerte.

—Claro, hija. Que tengas suerte.

Teresa bajaba ya por la escalera cuando se encontró con Juana de regreso.

—¿Adónde vas tan temprano, Teresa? ¿Es hoy cuando empiezas a trabajar en la fábrica?

—¡Buenos días, Juana! Sí, empiezo hoy y apenas he podido dormir por los nervios.

—Es normal, pero tú tranquila. Les vas a encantar, ya verás. Tú solo preocúpate de trabajar duro y mucho cuidadito con los hombres, no te vaya a pasar como a mí, que ya sabes lo que dice tu madre: «Hasta meter, prometer, y después de metido, NADA DE LO PROMETIDO» —repitieron las dos entre carcajadas.

Teresa fue paseando por las ramblas para hacer un poco de tiempo e intentar calmarse por el camino. Mentalmente repetía lo que le habían dicho que tenía que hacer nada más llegar: preguntar por el responsable de personal, un tal señor Charolino, que sería el encargado de recibirla y explicarle el trabajo que tendría que desempeñar. En cuanto llegó, se dirigió a una empleada, una mujer grande de aspecto imponente que superaba la treintena y se movía con gesto resuelto. Al comentarle que era su primer día de trabajo y que buscaba el despacho del señor Charolino, creyó ver una sonrisa en sus ojos. Dolores, que era como se llamaba su nueva compañera, se presentó como la encargada de la sección a la que ella iba a pertenecer, al tiempo que le recomendaba que se dirigiera a su jefe con su apellido auténtico, que era Colino, pues Charolino era el mote que le habían puesto los empleados por los zapatos que siempre llevaba el buen señor, de charol auténtico. Teresa no pudo evitar ponerse terriblemente colorada y le agradeció la información.

—Señor Colino, ¿da usted su permiso? —dijo Dolores tras golpear la puerta del despacho—. Le traigo a la nueva empleada, se llama Teresa Roca, es hija de Salvador.

El jefe de personal no respondió inmediatamente, ni siquiera levantó la mirada del periódico que estaba ojeando. Dolores entró al despacho y con un gesto indicó a Teresa que entrara también. Las dos mujeres tuvieron que esperar todavía unos minutos más a que el señor Colino reparara en su presencia.

—Dolores, puede regresar a su puesto de trabajo, ya me encargo yo. Antes de salir, Dolores guiñó un ojo a Teresa que parecía decir «tú, tranquila».

—¿Así que es usted la hija de Salvador Roca? —dijo mientras doblaba el periódico y la miraba por encima de sus gafas—. No crea que eso le da ningún privilegio en esta empresa. Aquí se viene a trabajar, a rendir al máximo y, si no cumple con mis expectativas, no dudaré en ponerla de patitas en la calle.

Entonces se levantó y salió de detrás de su escritorio para verla más de cerca. Se le acercó más de lo necesario, pensó Teresa, y mirándola de arriba a abajo con gran descaro, suavizó el tono de su voz que pasó a ser meliflua y le dijo tuteándola de pronto:

—Claro que una chica tan joven y tan guapa como tú seguro que sabrá hacerlo todo muy bien y no será necesario llegar a esos extremos.

Teresa habría querido decir algo pero no pudo, dio un paso atrás y fingió no haber entendido la insinuación del jefe de personal. Solo pensó en cuánto necesitaba aquel trabajo para poder ayudar a su madre. Este individuo no iba a poder con ella. Haría su trabajo mejor que nadie y no le daría motivos para echarla, y si, en algún momento intentaba algo más, entonces conocería a la hija de Salvador y Rosa. En ese momento alguien llamó a la puerta. Era Dolores, que tenía que consultar algo con su jefe y aprovechó para arrastrar con ella a Teresa con la excusa de que ya la necesitaban en su puesto de trabajo.

—¿Qué tal con el señor Charolino? Con lo guapa que eres no se habrá resistido a ponerse «cariñoso». No te preocupes, aquí le tenemos todas calado y entre nosotras nos protegemos. En cuanto llama a alguna al despacho, ya va otra a esperar tras la puerta, y si tarda más de lo necesario, enseguida entramos con cualquier excusa. Mientras trabajes duro y bien, no vas a tener problemas. Si quieres, a la salida quedamos y te presento al resto de las compañeras, ahora hay que trabajar; te acompaño y te cuento cuál va a ser tu desempeño aquí.

Capítulo 2

Como su madre le había anunciado, Teresa entró con buen pie en La Canadiense. Las compañeras, en general, la acogieron bien, y su jefa, la señora Dolores (doña Lola), pareció tomarla bajo su tutela y protección. La guiaba, ayudaba y aconsejaba bien diciéndole, sobre todo, a quién debía procurar no arrimarse.

—Mira, nena, esta fábrica es un pueblo y no una familia, como dice don Charolino. Aquí, como en todos los pueblos, hay gente buena y menos buena, algunos te ayudarán y otros se aprovecharán de ti, si te dejas. Hay quien va solo a lo suyo y quien sabe que tus problemas son sus problemas también. Tienes que aprender de quién te puedes fiar y a quién tienes que evitar.

—A mí todo el mundo me ha tratado bien hasta ahora, doña Dolores.

—Niña, como me vuelvas a llamar doña Dolores, te voy a arrear un mangurrazo que vas a tener que ir a buscar los dientes al Tibidabo. Haz caso de lo que te digo y no me repliques.

—Sí, doña... Lola.

—Eso está mejor, Tereseta. Ahora, a la faena.

—Sí, doña Lola, yo solo quería decirle que no tengo queja alguna. Que los compañeros me tratan bien y hasta creo que he hecho buenas migas con Àngels y Tomás.

31

—Àngels y Tomás son buena gente, pero no creas que todo el monte es orégano. Aquí hay mucho falso y mucho pelota. Me temo que no vas a tardar en darte cuenta de ello.

—¿Qué quiere usted decir, doña Lola?

—No quiero decir nada, solo que el tema está calentito y más que se va a poner. O mucho me equivoco, o en breve vamos a ver de qué pasta está hecho cada uno en esta casa, incluida tú, Teresa. Ahora ponte a trabajar, que no venimos a estar de cháchara.

A Teresa aquello le sonó como una advertencia. Sabía que Dolores la apreciaba. Ya se lo había demostrado en muchas ocasiones corrigiéndola, cuando cometía algún error, ayudándola a mejorar en su trabajo y protegiéndola. Con el poco tiempo que llevaba en la fábrica sentía gran aprecio por aquella mujer alta, fuerte y de aspecto fiero, que intimidaba solo con su presencia, pero en la que se intuía un buen corazón y una actitud de firmeza y dignidad ante compañeros y superiores, que le daban gran autoridad. Sin duda, era una mujer respetada a la que ella, además, apreciaba de verdad. Sin embargo, su último comentario le generó cierto desasosiego, aunque no se atrevió a preguntar más.

Los sábados la jornada terminaba dos horas antes para el departamento de mantenimiento, a las seis de la tarde abandonaban la fábrica. Algunos trabajadores hacían planes conjuntos para disfrutar de esa misma tarde o del domingo. En los días de buen tiempo era costumbre acercarse a la montaña de Montjuic o a las playas, pero en pleno mes de enero, hacía frío y la alternativa normalmente era visitar alguna taberna del Gótic, del Raval o asistir a algún salón de baile o cinematógrafo. El escaso salario que cobraban los obreros no daba para más. Si además había que mantener una familia, el ocio se reducía al paseo por el parque de la Ciudadela. Para las mujeres era aún peor, pues el salario se reducía un sesenta o setenta por ciento. Sin embargo, a pesar de esta mísera y triste realidad, los sábados a las seis de la tarde en la puerta por donde salían los trabajadores de La Canadiense se respiraba un aire de fiesta y algarabía. Al salir, Teresa coincidió con Àngels y Tomás, que charlaban mientras caminaban tranquilamente. Teresa se acercó para despedirse hasta el lunes, pero fue Àngels quien se dirigió a ella primero.

—Tereseta, ¿qué planes tienes para esta tarde?

—Lo de siempre, ir a casa, ayudar a mi madre si queda algo que hacer y después, a lo mejor, dar un paseo por La Rambla.

—¿Por qué no te vienes con nosotros al Ateneo Popular? Hay una lectura colectiva.

—¿Una lectura colectiva? ¿Lectura de qué?

—De alguna comedia o novela de aventuras. Además, seguro que también hay música y puede que hasta baile.

—¡Uy! No sé. Yo nunca he ido a una cosa de esas y, además, no le he dicho nada a mi madre. Se va a preocupar si me retraso.

—Venga, mujer, anímate —dijo Tomás—. Además es en la calle Hospital, cerca de tu casa. Vente con nosotros, te tomas un refresco y luego estás en casa en diez minutos.

—Bueno, vale. Me acerco un rato, pero me voy enseguida.

—Claro, mujer. Así te distraes un rato. Después de toda la semana metida en la fábrica, viene bien hacer algo diferente.

Àngels era una mujer menuda, un poquito mayor que ella, muy guapa, con el pelo y los ojos castaños y un sentido del humor un tanto peculiar. Una mezcla entre soez, tétrico, pícaro e irreverente que a Teresa, a veces, le costaba entender. Solo había oído hablar así a la Juana y a las verduleras y pescaderas del mercado de la Boquería. Habían congeniado rápidamente. Àngels remataba, en muchas ocasiones, los comentarios de doña Lola con acidez e ingenio. Solía llevar siempre un delantal blanco cubriendo sus viejos vestidos, gastados zapatos de cordones y tacón bajo, muy bien lustrados pero con cientos de kilómetros encima.

Tomás era un muchacho muy guapo, no muy alto pero con unos preciosos ojos azules y un bonito pelo negro rizado. Algo tímido, siempre iba vestido con un mono azul y unas *espardenyes*. Cuando estaba fuera de la fábrica, llevaba una vieja gorra inglesa. Si no estaba trabajando, siempre se le veía cerca de Àngels. Teresa estaba casi segura de que eran novios, aunque no se comportaran como tales.

Los tres se pusieron a caminar tranquilamente, charlando y bromeando sobre cosas de la fábrica o sobre algún chisme del señor Charolino. Como ya era prácticamente de noche, decidieron ir dando un rodeo por la plaza de Colón y así evitar las oscuras y estrechas calles del Raval.

No por precaución, a fin de cuentas aquel era su barrio, lo conocían bien pues eran parte de él, simplemente era más ameno ir por calles más iluminadas, con mayor actividad. Para los barceloneses pasear por La Rambla era la forma económica de pasar el tiempo, pues siempre era un hervidero de gente variopinta y curiosa, aparte de un punto de encuentro con amigos, compañeros y vecinos. Subieron por La Rambla hasta llegar a la calle Hospital y por esta hasta el *passatge* de San Bernard de Martorell. Haciendo esquina entre las dos calles se encontraba el Ateneo Popular.

En la puerta había un pequeño grupo de gente, entre el que Teresa reconoció a varios compañeros; alguno la recibió con una sonrisa, otros la miraron con extrañeza. Saludaron y directamente entraron al local. El recibidor era una habitación más larga que ancha, tenía un par de bancos corridos forrados de fieltro rojo muy gastado. De las paredes colgaban algunos cuadros con retratos de hombres barbudos. Teresa solo pudo reconocer a Carlos Marx, los demás no le sonaban de nada. También vio carteles que anunciaban actividades o convocatorias reivindicativas. En una estantería había una buena colección de libros y una pequeña mesa entre los dos bancos. El lado derecho estaba ocupado por un par de pequeños despachos y de frente un pasillo desembocaba en lo que se suponía una sala más grande.

Àngels se acercó a un hombre que salía de uno de los despachos, un joven con un poblado bigote negro, y, sin mediar palabra, le estampó un largo beso en los labios. Teresa se sintió un tanto incómoda. No estaba acostumbrada a esas muestras de afecto en público, siempre pensó que era algo que pertenecía al ámbito privado de las parejas. No es que fuera una mojigata, simplemente era joven y desconocía muchas cosas. Hace tiempo tuvo un medio novio con el que nunca pasó de algún breve entrelazado de manos y un beso en la mejilla cuando se despedían. Una vez que él intentó besarla en los labios, ella, en un acto casi reflejo, echó la cabeza a un lado evitando el beso. Recordaba que esa noche le costó muchísimo dormirse, pensaba que había sido una tonta por rechazar el beso de un muchacho que le gustaba y que, hasta ese momento, siempre se había mostrado amable y respetuoso. Después de aquello, la relación se fue enfriando hasta que el muchacho decidió seguir otro camino. Esa era toda su experiencia, por eso se azoró tanto cuando Àngels se acercó a ella de la mano con el hombre del bigote y le dijo:

—¡Mira, Teresa!, te presento a Andreu, mi compañero.

—¡Andreu!, esta es mi compañera Teresa de la que te he hablado alguna vez.

En ese momento para Teresa aquella palabra tomó una nueva dimensión. Para ella los compañeros eran los que tenía en la fábrica, como Tomás, Miguel o Ferrán. No entendía lo que quería decir exactamente Àngels con aquel «compañero», pero tuvo la suficiente compostura como para pronunciar un tímido «¡Hola, encantada!» y tenderle la mano formalmente. Andreu aceptó su mano para, inmediatamente después, darle un par de besos en las mejillas.

Teresa se azoró visiblemente y Andreu fue a saludar a otras personas que acababan de entrar, lo que Àngels aprovechó para decir con sorna.

—Nena, no te pongas así, que solo te ha dado un par de besos, no te ha pedido que te encames con él ni nada parecido.

Las palabras de Àngels no consiguieron que Teresa se tranquilizara, más bien al contrario. Aquella forma de actuar, de hablar, a pesar de que ya sabía que Àngels no tenía pelos en la lengua, le hicieron incomodarse todavía más. Àngels, viendo el intenso rubor de Teresa, le habló esta vez en tono serio.

—Mira, Tereseta, nosotros creemos que es necesario cambiar la sociedad, no solo en lo laboral, en lo económico, en lo que afecta a los trabajadores. Creemos que también es necesario cambiar las costumbres, costumbres impuestas por la iglesia, por la burguesía conservadora, que son reflejo de una sociedad controlada por curas, militares y capitalistas, que imponen sus reglas bajo pena de pecado, marginación o incluso de cárcel. No hay nada malo en que dos personas se amen y lo demuestren.

No hay falta de respeto en que un compañero de lucha le dé un beso a otra compañera o compañero. En este mundo de miseria hay pocas cosas que podamos considerar nuestras de verdad: nuestro cuerpo, mente y corazón lo son. Nuestros y de nadie más. Ninguna persona puede ser dueña de otra—. En ese momento, sin saber el motivo, Teresa se acordó de Juana y empezó a comprender lo lógicas e importantes que eran las palabras de Àngels.

—Son reglas que nos imponen para demostrar su supuesta superioridad moral, unos hipócritas de misa las mañanas de domingo y burdel los sábados por la noche.

Para ellos la moral también es cuestión de dinero, para nosotros lo es de hermandad, solidaridad, respeto, dignidad y gozo entre iguales. La represión, Teresa, no se hace solo con porras, fusiles o cárceles, también cuando nos dicen lo que tenemos que pensar, lo que podemos hacer. Nosotros nos rebelamos contra eso. Andreu y yo nos besamos porque somos compañeros, camaradas y pareja, nos gusta sentir nuestros labios y nuestros cuerpos pegados. Nos amamos porque los dos queremos, no hacemos mal a nadie con ello y a nadie debería importarle. Él no es mi dueño ni yo su dueña, si queremos un mundo sin amos, empecemos por nosotros mismos. Andreu te ha besado como gesto de hermandad, de bienvenida, no por falta de respeto, ¿o tú crees que el señor Charolino con sus pulcros modales, tan cuidadoso en las formas, tan sutil en sus objetivos, te respeta más que Andreu? No te azores, compañera. No te sientas ni culpable, ni pecadora, rebélate contra ello, disfruta de la vida, porque la alegría para los obreros es tan importante como el salario o la jornada. La alegría, compañera, es revolución.

Teresa no sabía qué responder. Estaba intentado procesar y entender todo aquello cuando, para su sorpresa, vio salir de la habitación del fondo la imponente figura de doña Lola, aumentando así su inquietud hasta un grado difícil de soportar. En ese momento hubiera querido desaparecer de allí, más aún cuando vio que se acercaba directamente hacia ella diciéndole:

—¿Pero qué haces tú aquí, criatura? Ya te han *liao* estos dos, ¿no?

Teresa solo acertó a responder:

—He venido con Àngels y Tomás a leer una novela, pero ya me voy a marchar.

—Sí. ¡Menuda novela tenemos aquí! Y a vosotros ya os daré yo «novelita». Ya que has venido quédate, porque lo que se va a decir aquí te interesa. Además, casi mejor que te enteres ahora, así podrás pensar en cómo actuar ante lo que está por venir.

Teresa estaba totalmente superada, no sabía exactamente a qué había ido allí, no entendía nada y se hubiera marchado si no fuera porque doña Lola le había dicho que se quedara. En ese momento salió otro hombre y dijo en voz alta:

—¡Compañeros, id pasando, que vamos a empezar!

Fueron entrando en la sala que, en comparación con el resto del local, era bastante grande, tanto como para que cupieran en ella treinta o cuarenta sillas dispuestas en varias filas frente a una tribuna, con una mesa larga cubierta con una bandera mitad roja y mitad negra, así como cuatro sillas enfrentadas al auditorio, en las que se sentaron tres hombres y doña Lola. Entre ellos, Teresa creyó reconocer a un empleado de la oficina de la fábrica. Uno de los dos hombres de la tribuna, que Teresa no conocía, tomó la palabra.

—¡Buenas tardes, compañeros! Gracias por venir a esta reunión. Mi nombre es José Sierra, sed bienvenidos los que asistís por primera vez. Soy el secretario de este Ateneo Popular, que nació como un espacio de cultura, formación y conocimiento, también como espacio de encuentro y esparcimiento para todos los trabajadores.

Su misión, su razón de ser es acercar la cultura a la clase trabajadora, nosotros pensamos que la cultura y la formación son derechos fundamentales para la clase obrera. Derechos que, como tantos otros, nos niegan las élites y las clases dirigentes, pues quieren trabajadores ignorantes y dóciles, que no cuestionen su posición ni, por supuesto, la de ellos. Saben bien que un obrero formado e instruido será un obrero con conciencia de su propia situación y la de su clase, será un obrero que no se resignará a la mísera condición en la que nos obligan a vivir. La cultura no es privilegio de unos pocos que asisten al Liceo o a los casinos. La cultura, la educación son derechos fundamentales, instrumentos para construir una sociedad libre. Por eso creemos que es tan importante que existan espacios como este, donde puedan reunirse los trabajadores y sus hijos, para que puedan acceder al pensamiento y la obra de los grandes filósofos y pensadores. También a la poesía, al teatro, a la literatura, a la ciencia, a todo aquello que pueda sentar las bases de una nueva sociedad de trabajadores libres.

Este también es un espacio de encuentro que no es ajeno a la dura realidad laboral y social de los de nuestra clase. Siempre está abierto a aquellos que necesiten poner en común con otros compañeros sus problemas o sus reivindicaciones. La lucha solo es una y el objetivo debe ser común. Por eso, cuando algunos compañeros de La Canadiense nos solicitaron el local para reunirse, no dudamos en ofrecerlo con gusto. Como dije, su lucha es la nuestra porque todos somos trabajadores y esta es nuestra casa. Y ahora paso la palabra al compañero Joaquín Sardá, miembro del sindicato CNT y trabajador de La Canadiense.

—¡Buenas tardes, compañeros! Como ha dicho José, me llamo Joaquín y soy trabajador de las oficinas de la compañía Riegos y Fuerzas del Ebro, que fue absorbida por la que conocemos como La Canadiense. En realidad, me estoy expresando mal porque mi situación, junto a la de los otros siete compañeros, es de despedido.

Ahora os contaré por qué hemos llegado a esta situación, aunque antes he de decir que la empresa se ha negado desde el primer momento a negociar, ha tenido con nosotros una actitud de intimidación, acoso y represión. Como ya sabéis, estábamos destinados en las oficinas, lo que significa que quizá tengamos un trabajo más cómodo, pero con los mismos problemas y salarios de miseria que vosotros, larguísimas jornadas y carencia de cualquier derecho.

Todos éramos trabajadores eventuales, como la mayoría de compañeros, y hace unas semanas la empresa tomó la decisión de cambiar esta situación de interinidad a otra más estable, ofreciéndonos pasar a formar parte del personal fijo en plantilla. Lógicamente a nosotros nos pareció bien, pero encerraba una trampa que consistía en dejar nuestra situación de temporalidad a cambio de una importante reducción salarial. Por supuesto, no aceptamos pero intentamos negociar. Todos sabéis los miserables salarios que se pagan a los trabajadores, sean de donde sean. En nuestro caso no es diferente, reducir el salario supone ahondar más la situación de miseria en la que vivimos muchísimos compañeros, supone condenarnos al hambre a nosotros y a nuestras familias, creando una situación de absoluta dependencia, que nos obliga a aceptar condiciones de trabajo inhumanas. Como os decía, intentamos negociar, aunque fue en vano. La empresa no quiso hacerlo. Recurrimos al sindicato para que intercediera, pero aquella se negó incluso a recibir a los delegados sindicales, por lo que no nos quedó más opción que declararnos en huelga. Ha sido la única salida que nos han dejado y la inmediata consecuencia ya sabéis cuál ha sido, los ocho trabajadores hemos sido despedidos.

Ante tal situación, hemos decidido convocar esta reunión para solicitar la solidaridad del resto de compañeros apoyándonos en la huelga. Somos conscientes de lo que ello supone para cualquier trabajador, del sacrificio que conlleva para él y su familia, sin embargo, sabemos que, si cedemos ante este tipo de agresión de los patronos, estaremos condenados a aceptar siempre las condiciones que nos quieran imponer. Esta no es solo nuestra lucha, cualquiera puede verse en la misma situación, por eso os pedimos apoyo y solidaridad, sumándoos a la huelga, organizando una estrategia de resistencia que nos permita aguantar hasta que la empresa rectifique. Muchísimas gracias, compañeros.

José Sierra volvió a tomar la palabra para agradecer la intervención de Joaquín, presentar seguidamente y pasarle el turno al único hombre que quedaba por hablar, Ángel Pestaña.

—Buenas tardes, compañeros, algunos ya me conocéis. Para los que no, como ha dicho José, soy Ángel

Pestaña, miembro de la comisión ejecutiva nacional de la Confederación Nacional del Trabajo. Estoy aquí a petición de los compañeros despedidos, para mostrar mi total apoyo y solidaridad con ellos, para confirmar el compromiso del sindicato con nuestros afiliados y con todos los trabajadores. El sindicato les va a apoyar con toda su capacidad, pues no dejan de ser un exponente de la situación de explotación e injusticia social a la que se ven sometidos los trabajadores de Cataluña y de toda España. Para el sindicato esto no es solo la lucha por recuperar los puestos de trabajo o por conseguir un salario digno. Esta situación no es puntual ni ajena, todos los trabajadores estamos viviendo en una sociedad que nos condena a la miseria, al hambre, a la ignorancia, en definitiva, a una vida de siervos. Siempre al servicio de los patronos que viven en la opulencia, mientras nosotros y nuestros hijos morimos de hambre o de enfermedad, recibiendo salarios de miseria a cambio de trabajos y jornadas inhumanas que nos embrutecen, para que ellos puedan gozar de todos los lujos, de grandes casas, automóviles, espacios exclusivos y, como decía José al principio, de la cultura y del ocio.

El problema no es que ocho compañeros se hayan quedado sin trabajo, el problema es que nos obligan a vivir en una sociedad totalmente injusta, que nos condena a la condición de esclavo al servicio del amo. Por eso la lucha ha de ir mucho más allá de solicitar la readmisión de los compañeros, hay que ampliar la reivindicación, reclamar la jornada de ocho horas, el fin del trabajo infantil, el derecho al descanso, a la atención sanitaria.

Y más allá de las reivindicaciones laborales, esta lucha tiene que conseguir cambiar la sociedad, para lograr una donde los trabajadores sean dueños de su destino, donde las clases sociales sean abolidas. Una sociedad donde no exista la explotación del hombre por el hombre, un mundo nuevo donde todos los trabajadores puedan vivir hermanados en solidaridad. Un mundo sin amos, donde cada uno sea dueño de sí mismo, donde nadie esté por encima del conjunto social. Esto casi lo han conseguido en Rusia, donde el proletariado conjunta y organizadamente ha logrado hacerse con los medios de producción y el poder. Ha conseguido al fin, como os decía, ser dueño de su propio destino y ahora tiene la oportunidad de construir esa Arcadia de igualdad, justicia y libertad. Ellos han demostrado que, con voluntad, compromiso, conciencia colectiva y organización, es posible alcanzar esa utopía. No será fácil, el perro no va a soltar la presa sin defenderse, habrá que hacer sacrificios importantes y duros. Nadie nos va a regalar nada, menos aún los que pregonan que los trabajadores tienen suficiente con pan y cebolla. Esta huelga, que han empezado ocho compañeros de La Canadiense, es una oportunidad para seguir avanzando en la lucha. No somos nuevos en esta batalla, algunos ya estáis curtidos en las huelgas anteriores, no venimos de una situación de paz y sosiego. La clase obrera se está rebelando contra la miseria y la injusticia y la Confederación Nacional del Trabajo no puede quedarse al margen de este gran combate, por eso ofrece su apoyo y solidaridad a los trabajadores de La Canadiense, como a cualquier trabajador que esté dispuesto a rebelarse.

Como os decía antes, esta lucha no será fácil, ya sabéis lo que significa estar en huelga, la oligarquía hará todo lo posible por derrotarnos, mandará a sus perros de presa, a sus pretorianos, a sus esquiroles, pero serán derrotados porque al hambre no se la combate con balas, se la combate con pan.

Serán derrotados desde la unidad, organización y compromiso de los trabajadores, que seremos un único y gran puño cerrado. Os pido, no solo a los compañeros de La Canadiense, sino a todos, que apoyemos esta huelga. Tenemos las herramientas, las razones. El sindicato pondrá la organización y la estrategia para esta trascendental victoria. La fuerza de la lucha es la unidad; si el presente es lucha, el futuro será nuestro. Muchas gracias, compañeros. ¡Todos a la huelga!

Estas palabras fueron respondidas con una sonora y cerrada ovación, con gritos de «¡A la huelga!», «¡Pan, justicia y libertad!», «¡A por las ocho horas!».

José Sierra, ejerciendo de moderador, pidió calma y silencio. Doña Lola había pedido la palabra, era el único miembro de la mesa que quedaba por intervenir, de hecho, ni siquiera estaba previsto que lo hiciera. Pestaña era quien tenía que cerrar el turno de los ponentes, pero doña Lola pidió la palabra y la mesa no podía negársela. Todos los intervinientes habían hablado sentados desde su correspondiente silla, pero ella se levantó y captó la atención del exaltado auditorio.

Teresa, sin saber por qué, sintió cómo un escalofrío recorría su espalda. Estaba realmente emocionada con las palabras de Pestaña, pero ver la figura de su jefa y compañera de pie en el estrado le generó gran expectación y algo de inquietud.

—¡Queridos compañeros! —dijo doña Lola callando de pronto, despertando así gran expectación entre la audiencia—, ¡y compañeras! Igual que todos vosotros he escuchado las palabras de los que me han precedido, he oído a José reivindicar la cultura y el conocimiento, a Joaquín exponer los motivos de su lucha, he escuchado las hermosas palabras de Ángel, pero solo he oído hablar de trabajadores, de compañeros, de obreros, de hombres, como si las mujeres no existiéramos, no fuéramos importantes, ni siquiera necesarias. Me duele, me entristece que mis propios compañeros no sean conscientes de nuestra presencia, de nuestra labor, de nuestros problemas, que son los mismos que los vuestros pero multiplicados. No he escuchado ninguna palabra, ninguna reivindicación para terminar con la discriminación salarial que sufrimos. Nosotras, por el mismo trabajo que hacéis los hombres, cobramos menos de la mitad del salario, trabajamos las mismas horas, hacemos el mismo esfuerzo, tenemos que soportar además el acoso de los jefes... —calló nuevamente para continuar diciendo— y desgraciadamente también de algunos que se hacen llamar compañeros, que no merecen ese nombre porque son lobos, buitres a la caza de la presa más débil. ¡Qué pena, compañeros! Nadie ha reparado en nosotras. No os acordáis tampoco de que nuestra jornada, lejos de terminar cuando salimos del tajo, continúa en nuestros hogares. Nosotras trabajamos las mismas horas que cualquier hombre y encima no tenemos derecho al descanso. Al llegar a casa, nos espera la cocina, el suelo, la ropa, los hijos, la cama. Nos toca hacer juegos de magia para poner un plato de comida cada día en la mesa, mientras vosotros ¿qué hacéis? Y encima, llegan momentos como este y tenemos que aguantar que ni siquiera se nos mencione.

¿Qué clase de maravilloso mundo es ese del que habláis, que no tiene en cuenta a las mujeres? ¿Es ese el mundo de justicia e igualdad que proponéis? Vosotros, que presumís de llevar en el corazón y en la cabeza ese nuevo mundo, tenéis que saber que ninguno es posible sin nosotras. La vida no lo es sin nosotras. Estáis aquí por nosotras y cualquier lucha será en vano sin nosotras. Más vale que os vayáis acostumbrando, porque la lucha es más de las mujeres que vuestra, porque para gran parte de vosotros esta termina en la puerta de la fábrica, o en la manifestación junto a los compañeros. Para algunos muy buenos, como el compañero Seguí, continúa en la cárcel. Pero para nosotras la lucha es todo eso y más, pues la vida entera lo es y nosotras ya hemos empezado a tomar conciencia de ello.

El pasado año las mujeres trabajadoras «solas» conseguimos parar Barcelona. Entones vimos pocos hombres apoyándonos en las manifestaciones, en las algaradas, en las calles, pero aun así, no desfallecimos, no nos rendimos, no renunciamos y, solo cuando el clamor de las mujeres inundó las calles, los sindicatos de trabajadores se decidieron a apoyarnos, a compartir la lucha. Nosotras ahora no haremos eso, no caeremos en el error de pensar que esto no nos afecta. Como ya os he dicho, en esta pelea nosotras nos jugamos mucho más que vosotros.

No podemos ni queremos excluir a nadie, porque todos somos necesarios, todos somos importantes porque, aunque alguno todavía nos neguéis el mismo derecho que reclamáis para vosotros, sabemos que ese mundo de justicia, igualdad y libertad solo será posible si lo construimos entre todos. Esta batalla es de todos y desde aquí os anuncio que a partir del lunes las trabajadoras del departamento de mantenimiento se declararán en huelga indefinida, todos los días estaremos en la puerta de la fábrica defendiendo lo que tiene que ser de todos, el que quiera sumarse será bienvenido.

¡Viva la lucha de las mujeres! ¡Viva la lucha de la clase obrera!

Teresa, como impulsada por un resorte irrefrenable, saltó de su silla al grito de «¡Viva!», aplaudiendo y con lágrimas en los ojos. Después se dio cuenta de que también Àngels gritaba y aplaudía al igual que otras mujeres a las que no conocía. Todos, hombres y mujeres, se habían puesto en pie, algunos aplaudiendo, otros con el puño en alto y muchos cantado: «¡A las barricadas, a las barricadas!».

Se despidieron en la puerta del Ateneo. Era tarde, pasaban ya de las diez y media de la noche. Hasta ese momento Teresa no fue consciente de que había pasado tanto tiempo, se le había hecho muy corto escuchar a sus compañeros y participar en aquella reunión tan reveladora. Sin embargo, ahora comprendía que su madre debía de estar preocupada; no se entretuvo más y empezó a caminar a ritmo ligero, cuando escuchó la voz de Tomás que la llamaba.

—Teresa, espera, por favor. ¿Me permites que te acompañe hasta tu casa?

—Vivo bastante cerca pero sí, me gustaría que lo hicieras.

Y comenzaron a andar con un ritmo mucho más tranquilo, como de paseo.

—¿Qué te ha parecido la reunión?

—¡Uf! No sé qué decirte. Estoy un poco abrumada, han sido muchas emociones, mucha información que yo ignoraba. Creo que me va a costar procesarlo todo, pero de alguna manera, me siento más ligera, más liberada, aunque también inquieta.

—Sí, la verdad es que despertar al mundo siempre inquieta.

—¡Eh, *nen*!, que yo no he estado dormida. Soy una chica bien despierta, no te vayas a equivocar. Sé muchas cosas, lo que ocurre es que hoy he aprendido algunas más, y creo que son importantes.

—Perdona, no pretendía ofenderte ni menospreciarte. Lo decía porque todos, en algún momento, descubrimos cosas que nos condicionan el futuro.

—Vale, tranquilo —dijo relajando el gesto y sonriendo—, te perdono. ¿Te puedo decir una cosa, Tomás?

—Pues claro, compañera, dime lo que quieras.

—Pensé que Àngels y tú erais novios, como siempre os veo juntos…

—No, Teresa —replicó Tomás sonriendo—. Àngels y yo solo somos compañeros, camaradas y muy buenos amigos. Si te soy sincero, durante un tiempo sí pensé que podríamos llegar a ser algo más, la verdad es que entonces me hubiera gustado, pero eligió a otro hombre, y yo no solo respeto su decisión, sino que me alegro de verla feliz. Es una amiga muy querida para mí.

—¿No te sientes un poco desdichado porque haya elegido a otro?

—Bueno, creo que a nadie le gusta sentirse rechazado, mentiría si dijera que su decisión no me afectó, pero ella misma se encargó de demostrarme que no me rechazaba. Solo quería a otro hombre un poco más que a mí y, lo más importante, ella es feliz. Un buen amigo se alegra de la felicidad de otro.

—Eres un buen chico, Tomás. Me alegro mucho de haber encontrado compañeros como tú, como Àngels, como doña Lola.

—Impresiona, ¿verdad?

—Sí que impresiona, creo que es una gran mujer en todos los aspectos —se echaron a reír—. Yo la quiero mucho. Me cuidó y protegió desde el primer día. Cuando me tiene que regañar lo hace con firmeza pero sin humillarme. Aunque algún día he temido tener que ir a recoger los dientes al Tibidabo —de la risa pasaron a la carcajada—. No se amilana ante nadie, sea jefe u obrero, no permite que humillen a nadie delante de ella, la admiro y la respeto mucho.

—Es verdad todo eso que dices y mucho más que ya irás descubriendo. Ha tenido una vida durísima. Se quedó viuda muy joven con dos hijos pequeños, ha pasado por todo para sacarlos adelante, lo ha hecho sin perder nunca la dignidad. Le costó muchísimo alcanzar la posición que ahora ocupa en la fábrica. Es tan valiente, tan fuerte, tan consciente de lo que hay que hacer y de lo que hay que conseguir. El lunes va a ponerlo todo en juego. Ella, como muchos otros, puede perderlo todo, pero nada la va a parar. Sabe quién es y cuál es su sitio. No solo es una gran mujer, sino una gran líder con la que uno se deja arrastrar al mismo infierno si es necesario.

—¡Vaya, Tomás!, veo que la aprecias tanto o más que yo. Me han conmovido tus palabras y mira que hoy ya llevo unas cuantas impresiones.

—¿Has pensado qué vas a hacer tú el lunes, Teresa?

—Mentiría si te dijera que no estoy inquieta. Creo que se avecinan tiempos difíciles, es la primera vez que me voy a enfrentar a algo así. La verdad es que estoy muy preocupada.

—Ya, pero ¿habrás decidido en qué lado vas a estar?

—Pues… ¿dónde voy a estar, Tomás? En mi puesto como siempre, donde me corresponde, junto a mis compañeros que luchan por ellos y por mí. Es una de las pocas cosas que tengo claras. Espero estar contigo en el piquete de la fábrica. Además —añadió sonriendo de pronto—, no quiero ir a recoger mis dientes al Tibidabo.

—¡Cuánto me alegra que digas eso, compañera! Allí estaremos todos juntos.

—Ya hemos llegado, Tomás. Yo vivo aquí y es tardísimo. Me va a caer una buena por llegar a estas horas, así que adiós. Muchas gracias por acompañarme.

—¿Te puedo dar un beso de despedida?

Teresa, azorada, dudó un momento pero inmediatamente asintió y acercó la cara a Tomás; él ignoró el rubor de sus mejillas y le dio un breve y suave beso en los labios.

—¡Hasta mañana, Teresa!

—¡Hasta mañana, Tomás! —dándose la vuelta entró en el portal y subió corriendo las escaleras, con una sonrisa.

Tal y como había supuesto Teresa, su madre la recibió hecha un mar de lágrimas. Menos mal que estaba con ella Juana tranquilizándola.

—Pero, hija mía, ¿dónde has *estao*? Me tenías muy *preocupá*. ¿Qué te ha *pasao*? Pero si tú nunca haces esto.

—Perdone, madre, es que los compañeros de la fábrica me han llevado a una reunión y se me ha pasado el tiempo volando.

—¿Lo ves, mujer, como no le había pasado nada? La chica se está haciendo mayor. Después de estar todo el día trabajando es normal que se quede con sus compañeros dando una vuelta por ahí. No hay nada malo en ello.

—Tú te callas, Juana, parece mentira que precisamente tú la animes a estar por la calle hecha un pendón. Una mujer decente tiene que salir de trabajar y venir derecha a su casa. ¿Dónde has *estao*, si puede saberse? ¿Qué es eso de una reunión?

—Pues mire, madre —empezó a relatar Teresa con una emoción difícil de disimular—, hemos estado en el Ateneo y han hablado entre otros mi jefa, doña Lola, ya le hablé a usted de ella. Nos han explicado a todos que, aunque seamos pobres trabajadores, tenemos derechos que hasta ahora, por serlo, se nos habían negado. Han dicho muchas cosas, madre, le reconozco a usted que no todas las he entendido, pero lo más importante es que tenemos que unirnos todos los trabajadores para luchar juntos y reclamar salarios más dignos, sobre todo, las mujeres. ¡Qué bien ha estado doña Lola! —decía la chica cada vez más alterada por la emoción—. ¡Ojalá la hubierais oído hablar! A ti, Juana, te habría encantado. Después de escuchar a los hombres, se ha plantado delante de todos y les ha reprochado que no dijeran nada de las mujeres, cuando sin nosotras ellos no existirían y muchas cosas más que yo no sé repetir. Les ha recordado que a nosotras nos pagan menos por hacer el mismo trabajo que ellos. Y, al final, ha dicho que el lunes iremos todos a la huelga, yo estaba como loca de emoción y he gritado como todos «Viva la lucha de las mujeres», «Viva» —y no pudo continuar la frase tras la bofetada que le dio su madre.

—Tú no vas a hacer ninguna huelga. ¡¡¡*Desagradecía*!!! ¿Acaso no te acuerdas de que si no hubiera sido por el señor Montañés, no tendrías trabajo y ya no podíamos resistir ni un día más?

—Rosa, mujer, ¿por qué has hecho eso? Teresa tiene razón, y tú lo sabes. Llevamos toda la vida dejándonos pisotear por los poderosos, ¿acaso piensas que eso es justo? Tu pobre marido murió por un accidente haciendo a los dueños de la empresa más ricos, y ellos ¿qué hicieron por vosotras? Nada. No digo yo que ese señor no haya querido ayudaros, pero no le debéis nada a la empresa, esta tendría que haber puesto los medios para evitar el accidente y para haberos protegido cuando él faltara.

—¡Cállate, Juana! Y sal de mi casa. Llévate a tu hijo, y no vuelvas nunca más.

—¡Madre, ya está bien! —intervino Teresa con firmeza—. Juana es una buena amiga y nos necesita tanto como nosotras a ella. Comprendo que esté usted dolida por mi comportamiento, pero le aseguro que no voy a dar un paso atrás. Hoy he abierto los ojos, no voy a dejarme avasallar por los patronos. El lunes iré a la fábrica y estaré al lado de mis compañeros porque sé que si nos unimos todos conseguiremos mejorar nuestras vidas. Ya está bien de vivir en la miseria con la cabeza gacha. Lo siento, madre, pero esa es mi decisión.

—Ya veo que estáis las dos en mi contra. ¿Qué pensáis?, ¿que ya estoy vieja?, ¿que no me entero de las cosas? Pues sí, sí que me entero, por eso sé que los poderosos siempre se salen con la suya. Porque las fábricas son de su propiedad y nosotros solo tenemos nuestras manos para trabajar. Teresa, hija, escúchame. El mundo siempre ha sido de ellos. ¿Crees que unos cuantos trabajadores podréis cambiarlo? Claro que no. Llamarán al ejército, si es necesario. Pasarán por encima de todos vosotros —Rosa no podía aguantar las lágrimas y Teresa la abrazó—; ha ocurrido antes, hija, os aplastarán.

—¡Rosa, tranquilízate! Mira, si el lunes no te importa quedarte con el Rafaelillo todo el día, iré a acompañar a Teresa. Estaré continuamente a su lado y no dejaré que nadie le haga daño. Ya sabes cómo es la Juana cuando alguien intenta tocar a uno de los suyos. Le arranco los ojos al que intente hacerle algo malo a mi niña —decía mientras se abrazaban las tres entre risas y lágrimas.

* * *

Hilarión Eslava, 7

Mediado el año 1919 la muy deteriorada salud de don Benito sufrió un grave empeoramiento, dejando al gran literato prácticamente impedido. Ya ni el trabajo, ni las atenciones, ni los cuidados de su querido Paco fueron suficientes para que pudiera continuar escribiendo. Postrado en una butaca, ni siquiera pudo ver cómo pasaron los días inexorablemente. Ya no hubo ni sol ni luna, ni día ni noche, ningún brillo, ningún color; la mente de don Benito se fue fundiendo, poco a poco, del gris al negro. En la madrugada del 4 de enero de 1920 se apagó su luz definitivamente, dejando esta obra inacabada y a las letras españolas y universales eternamente huérfanas.

—¡Hay que ver, don Benito! Se empeñó usted en irse y aquí me ha dejado. A mí y a esas pobres mujeres de La Canadiense, que confiaron en usted para que las sacara de la miseria. ¿Qué será de ellas ahora? ¡Ojalá me hubiera usted enseñado a imaginar y no solo a escribir al dictado sus obras! Me habría gustado ver a doña Lola, a Teresa y a la Juana en la puerta de la fábrica, desgañitándose con gritos de «Compañeras, nosotras somos las que tenemos que arreglarlo todo», «Vivan las mujeres unidas», «Pan, justicia y libertad», «A por las ocho horas».

Nunca creí que yo fuera capaz de decir algo así, don Benito, me ha dejado usted huérfano y, lo que me duele más aún, estas mujeres se han quedado sin vida, sin futuro, sin esperanza de seguir adelante en su lucha. Las siento también a ellas huérfanas de usted y me siento responsable de no ser capaz de seguir imaginándolas. Su marcha me deja hundido y a mi pobre corazón, desolado.

Paco estaba agotado por los terribles meses que había pasado viendo cómo don Benito se iba apagando un poco más cada día. Él, que había sido durante tanto tiempo su compañero inseparable, no sabía qué sentido podría darle a su vida a partir de ahora. Estaba tan herido y cansado que, sin darse cuenta, fue quedándose dormido sobre el escritorio donde tanto había disfrutado de las historias que le dictara el gran escritor.

Capítulo 3

Las tres mujeres seguían abrazadas cuando sintieron que todo quedaba a oscuras, que el mundo a su alrededor se había detenido. De hecho, notaron como si despertaran de un largo y extraño sueño. Ninguna quería ser la primera en decir algo que les hiciera salir de la misteriosa bruma en la que parecían haberse sumergido, mientras un frío helador atenazaba sus músculos. Finalmente fue Teresa quien, soltándose del abrazo, habló.

—¿Qué ha ocurrido?

—No lo sé —se atrevió a contestar Juana—. Es como si todo hubiera acabado.

—¿De qué hablas, mujer? —preguntó Rosa temblando.

—Estad tranquilas, por favor, solo se trata de un apagón —afirmó Teresa intentando aparentar una tranquilidad que no sentía—. Voy a salir un momento a la calle a preguntar y vuelvo enseguida.

—Pero, hija, si fuera está tan oscuro como aquí.

—La niña tiene razón, Rosa, quédate tú cuidando de mi hijo, que nosotras vamos a ver qué ha podido suceder.

Así, desoyendo los temores de su madre, Teresa salió a la calle acompañada de Juana para intentar resolver el enigma, aunque esta sospechaba la verdad. Al salir a la calle, tal y como Rosa les había advertido, todo lo que encontraron a su paso estaba envuelto en una densa niebla. ¿Cómo se había formado tan rápidamente esa bruma si el tiempo era agradable hacía tan solo unas horas? Cogidas del brazo para darse ánimos la una a la otra, las dos mujeres caminaron sin rumbo determinado.

—¡Mira, Teresa, el quiosco de prensa! —señaló Juana de pronto—. Vamos a acercarnos para ver si podemos averiguar algo.

La chica ni siquiera contestó, se dejó arrastrar por su amiga y la experiencia que, sin duda, había atesorado en los diez años que le llevaba. Cuando llegaron se quedaron impactadas por los titulares de todos los periódicos.

—Es el fin, Teresa. Todo ha terminado para nosotras.

—¿A qué te refieres? No entiendo nada. Ni de lo que dices, ni de lo que estamos leyendo. ¿Acaso no te das cuenta de la fecha de todos los diarios? Cuatro de enero de 1920. Pero si falta casi un año —lo decía con la voz temblorosa, sin dejar de mirar a su alrededor en busca de alguna persona, apretándose al brazo de su amiga, sintiendo el frío que recorría sus huesos.

—Teresa —prosiguió Juana tras una pausa en la que parecía buscar las palabras adecuadas—, hay cosas que debes saber. Seguramente tu madre ni siquiera ha llegado a sospecharlo. Yo, en cambio, aunque más joven que ella, he tenido una vida más intensa y he conocido a otros que, como nosotras, son personajes de ficción.

Mi querida niña, somos la creación de un autor que ha inventado nuestra vida a través de su imaginación, solo somos un sueño, un deseo, una quimera en la mente de nuestro creador. No corre sangre por nuestras venas, ni es piel lo que cubre nuestro cuerpo etéreo. No somos más que parte de esta niebla que tanto nos asusta porque ha empezado a envolvernos y no cejará hasta hacernos desaparecer con ella. Galdós fue nuestro creador, Teresa, y, como acabamos de ver, ha muerto, y nosotras con él.

—¿Qué dices, Juana? —preguntó la muchacha fuera de sí—, ¿cómo vamos a estar muertas? ¿Acaso los muertos sienten miedo, frío o desolación?, ¿que no corre sangre por nuestras venas?, ¿y qué me importa a mí la sangre cuando mis ojos son capaces de derramar lágrimas?, ¿lo ves, mujer? —sostuvo mientras llevaba la mano de su amiga a sus ojos—. Ahora tu mano está húmeda y yo siento tus pulsos a través de los míos.

Somos de verdad —sentenció entonces sin llorar, con una fuerza que no permitía abandonarse al triste destino que le anunciaba Juana—, y ahora tú y yo vamos a pensar qué hacer para seguir adelante con nuestras vidas. Si ha muerto nuestro creador, busquemos otro que sea capaz de seguir imaginando, soñando esta fantasía que para nosotras es vida.

Soy muy joven, Juana, no me resigno a dejar de existir ahora que estaba descubriendo el placer de hacerlo. Tengo una ilusión por la que luchar y un hombre del que podría enamorarme y ser feliz a su lado el resto de mi vida.

Juana escuchaba enternecida a su joven amiga. Estaba segura de que no había esperanza para ellas, aunque, al mismo tiempo, aquellos argumentos le resultaban tan firmes que por qué no intentarlo, pensó.

—Está bien, Teresa. No tenemos nada que perder. Se me está ocurriendo que, como en esa huelga que debería empezar el lunes, para seguir adelante con nuestro proyecto de vida deberíamos buscar la unión de la fuerza. Vamos a ver a «tu doña Lola», que parece una mujer lista y valiente. Seguro que a ella se le ocurrirá por dónde empezar nuestra búsqueda de autor.

—Me parece estupendo —afirmó Teresa mientras sonreía esperanzada—. Ya verás como ella sabrá qué hacer.

Así, sin más rodeos, encaminaron sus pasos hacia la casa de doña Lola, con el corazón en un puño y la firme determinación de que nada ni nadie podría pararlas. Después de quince minutos de intensa marcha, llegaron a su destino. Teresa, tras unos segundos de duda, golpeó la puerta con los nudillos y fue su jefa quien acudió a abrir. Vio en su cara una expresión de asombro que no sabía si era fruto de su presencia allí o de la extraña situación que estaban viviendo.

—Doña Lola, esta es mi amiga Juana, ¿podemos pasar a hablar un momento con usted?

—Claro —contestó ella tras una pausa un poco tensa y, apartándose a un lado, les invitó a entrar.

—¿Qué ocurre, Teresa?

—Disculpe, doña Lola —intervino Juana con decisión—, no tiene sentido que sigamos disimulando. No sé si usted intuye lo que está pasando, el significado de esta densa niebla que no deja de envolvernos. Venimos desde casa buscando una explicación y la hemos encontrado en el quiosco de prensa —hizo una pausa para añadir a continuación—: Galdós ha muerto.

Juana guardó silencio intentando con ello que la mujer hablara. Sin embargo, esta no parecía interesada en hacerlo. Seguía mirándolas con el ceño fruncido, concentrada en sus palabras, esperando esa explicación que, al parecer, ellas conocían. Entonces Teresa pidió a Juana que le explicara lo que sabía y cómo habían pensado que juntas podrían arreglarlo.

—Verá, doña Lola —dijo esta un poco intimidada por la figura de su interlocutora—, cuando di a luz a mi Rafaelillo tuve que afrontar la vida yo sola. No pretendo que alguien como usted lo entienda, no me resultó fácil a pesar de que mi familia no pasaba estrecheces y pudieron darme estudios. Opté por ganarme la vida en la calle, créame que no tuve otra posibilidad. Ahí es donde conocí a Rosario, una joven con una vida calcada a la mía. Había trabajado durante años en una lavandería hasta

63

que se enamoró de uno de los señoritos a los que llevaba la ropa ya planchada. Él le prometió amor eterno. Ella, ingenua como era, lo creyó y, como suele suceder, cuando quedó embarazada todo se derrumbó: su amante la abandonó, la despidieron del trabajo y su padre la echó de casa.

—Perdone, Juana —la interrumpió doña Lola impaciente—, no entiendo por qué me cuenta todo esto. No las juzgo ni a ella ni usted, y no sé a dónde quiere ir a parar. Me había dicho que me explicaría qué está pasando y no parece que vaya a hacerlo. Así que, si me disculpan las dos…

—Doña Lola —la interrumpió Juana—, Rosario me contó que aquel joven fue a visitar a un caballero, un escritor llamado don Miguel de Unamuno, porque había descubierto que este era su creador. Aquel muchacho era un personaje de ficción y, como él, todas las personas que formaban parte de su universo. La vida de todos ellos era una invención y, por tanto, Rosario también lo era. No quise creerla entonces porque ello supondría que igualmente yo era fruto de esa ensoñación. Sin embargo, cuando he sentido cómo la niebla iba envolviéndonos más y más, tras leer el titular del periódico, no he tenido duda.

Doña Lola miraba sin apenas pestañear a Juana. Parecía como si hubiera empezado a sospechar que aquello pudiera ser cierto. Ella, que había leído todo lo que sus muchas obligaciones le habían permitido a lo largo de su vida, no entendía cómo tenía ideas que nadie le había explicado, que no había encontrado en ningún libro. ¿Por qué tenía la mente llena de convicciones que no recordaba haberse planteado?, ¿por qué tenía la sensación de que nunca soñaba? Lo que Juana le exponía era atroz, sin embargo, había conseguido sembrar en ella una terrible duda que no era capaz de resolver, de explicarse con la lógica que siempre había encaminado sus pasos. De pronto lo supo, si había una respuesta la encontrarían en los libros.

—Está bien —dijo con determinación—. No digo que crea la teoría que me plantea. Al mismo tiempo, no soy capaz de encontrar un significado a todo esto que está pasando. Vamos al Ateneo. Allí podría encontrarse la explicación.

—¿Al Ateneo, doña Lola? —preguntó Teresa—, ¿donde nos hemos reunido esta tarde?

—No, al otro —contestó ella sin dar más explicaciones.

Juana y Teresa cruzaron una mirada de extrañeza, a pesar de lo cual seguían con el convencimiento de que tenían que unir sus fuerzas a las de aquella mujer. Sin dudarlo un momento, juntas salieron a la calle.

Tras unos minutos de marcha en la que ninguna de ellas pronunció palabra, llegaron por fin al número seis de la calle Canuda, donde se encontraba el Palacio Savassona, edificio sede del Ateneo.

Ya frente al palacio, Teresa y Juana dudaron si podrían entrar, pues apenas se distinguía la silueta del edificio por efecto de la intensa bruma, que le daba un aspecto irreal y misterioso. Sin embargo, se dejaron arrastrar por la decisión de doña Lola, que caminaba resuelta. Así llegaron al acceso a través de un amplio patio donde se encontraba la escalera, que iban vislumbrando a medida que avanzaban. Como ya habían supuesto, no se cruzaron con nadie y accedieron al interior del recinto sin ningún problema.

A pesar de la niebla que todo lo rodeaba, empezaban a hacerse a la idea de las maravillas que contenía aquel palacio. Cuando llegaron a la biblioteca, a duras penas podían creer toda la belleza que el lugar encerraba. Las magníficas pinturas del techo del maestro Francesc Pla acariciaban desde su construcción cientos y cientos de libros, entre los cuales aquellas tres mujeres buscarían una respuesta. Doña Lola, que había estado muchas veces en aquel majestuoso lugar, no se detuvo en contemplaciones y rápidamente se dirigió a las dos mujeres.

—No hay tiempo que perder. La bruma sigue en aumento. Tenemos que buscar por autores a don Miguel de Unamuno. La primera que lo encuentre avisará a las demás para, entre las tres, buscar todas sus novelas. Vamos, manos a la obra.

Fue fácil para Teresa encontrar a Unamuno entre todos los nombres, sin embargo, las tres mujeres se llevaron una gran decepción al leer que no solo había escrito novela, sino también ensayo, poesía y teatro.

—Doña Lola —preguntó entonces Juana—, ¿exactamente qué es lo que pretende usted encontrar? Es imposible que seamos capaces de leer entre las tres todas las obras de este señor.

—Ya lo sé, Juana. No obstante, presiento que la búsqueda no será tan larga. Creo que pronto hallaremos la respuesta y tengo la corazonada de que el libro nos encontrará a nosotras antes que nosotras a él.

Así, las tres mujeres se afanaron en la búsqueda del libro que, según doña Lola, les daría la solución. No habían transcurrido más que unas horas cuando esta gritó:

—¡Lo he encontrado!

A toda velocidad acudieron Juana y Teresa a reunirse con ella y cuando fueron capaces de ver, a través de la densa bruma, el título del libro que les mostraba, no lo podían creer: *Niebla.*

Paco despertó sobresaltado al sentir que María, la hija de don Benito, golpeaba la puerta de la habitación. Se había quedado frío al dormirse sobre el escritorio y notaba todo su cuerpo entumecido. Intentó desperezarse al notar la insistencia con que la mujer llamaba, pero le costaba mucho volver a la realidad tras los acontecimientos de las últimas horas. A pesar de conocer desde hacía meses cuál sería el desenlace, no había conseguido prepararse aún para asumirlo.

—¡Paco!, mira de lo que me acabo de enterar —le dijo ella emocionada cuando al fin consiguió entrar—. Solo han pasado unas horas desde la muerte de mi padre y don Alfonso XIII, a modo de consideración a su figura, ha firmado un real decreto por el que el Estado se hará cargo de los gastos del funeral. Y no termina ahí la cosa, el alcalde ha dictado un bando de homenaje en su honor. Date prisa, tenemos que prepararlo todo. Quieren instalar la capilla ardiente en la Casa de la Villa. ¿Te das cuenta de lo que eso significa, Paco? ¡Es el reconocimiento al gran hombre y escritor que fue mi padre!

Paco miraba fijamente a María sin expresión alguna, se sentía tan abatido que no era capaz de reaccionar a todo lo que le contaba la mujer. Don Benito había muerto y estaba convencido de que ninguno de esos honores significarían nada para él. Sabía muy bien que lo único que le emocionó fue el privilegio de la vida, el poder pasearse por ella observando y disfrutando de cada momento de luz y de alegría. Incluso cuando el color dejó de acudir a sus ojos, el recuerdo de sus vivencias, el deseo de contar todo aquello que de bueno y vil hay en el ser humano, le empujaron a seguir escribiendo, ahora ya a través de la mano de Paco. Para este fue un honor haber ayudado al gran maestro a contar aquellas historias, las vidas de aquellos personajes que sin él nunca habrían salido del limbo de la literatura. De hecho, siempre que juntos terminaban una obra, a él le costaba pensar que aquellos personajes no fueran de verdad, que no hubieran existido más que en la mente de don Benito. Algunas veces, se abstraía intentando mirar a través de su frente y sonreía pensando que todos ellos se encontraban ahí, moviéndose sin parar de un lado para otro a las órdenes del escritor, o congelados como en una fotografía, esperando a saber qué tenían que hacer o decir. Una vez que se lo comentó a él, este le contestó: «Pero, chico, ¿es que estás tonto? Anda, ponte ya a la tarea que acabo de tener una idea que...». Sí, esa era su sensación, todos sus personajes eran tan perfectos que él no se sentía más vivo que cualquiera de ellos. Por eso pensaba que todos estarían de luto también y así, con esa triste idea, se sintió un poco menos solo.

—Por cierto —continuó hablando María sacándole solo a medias de sus meditaciones—, he recogido una carta dirigida a ti desde Barcelona, la remitente es una tal Teresa Roca, ¿la conoces?

Paco sintió un escalofrío recorrer su espalda. No podía ser y, sin embargo, un fuerte presentimiento más real que su propia existencia le decía que era cierto.

María, al ver su expresión, le miró enternecida. Sabía que aquel hombre adoraba a su padre y que su pérdida le había dejado destrozado. Comprendía que se sentiría muy solo e intuía su desconsuelo ante el temor a enfrentarse a la vida sin él. Aquella mujer no podía imaginar el gran desconcierto que para Paco había supuesto el anuncio de aquella carta. Tomándole de la mano, le acercó hasta una silla.

—Mi querido Paco, siéntate —dijo con los ojos anegados de lágrimas que se esforzaba en no derramar—. Sé cuánto le querías, al menos tanto como yo, pero tenemos que seguir adelante con nuestras vidas, es lo que él habría querido. Serénate, mientras tanto iré a prepararte un tazón de café con leche muy caliente, ya verás como te reconforta.

Se dejó llevar mansamente y, tras unos minutos de indecisión, abrió aquel sobre manuscrito, cuya hermosa letra sin duda pertenecía a una mujer. Esto fue lo que leyó:

Teresa Roca
Barcelona, febrero de 1919

Querido don Francisco

Espero se encuentre bien al recibo de la presente. En primer lugar, quiero expresarle mi más sentido pésame por la pérdida de don Benito Pérez Galdós, pues he sabido que estaban ustedes muy unidos y que su marcha le ha dejado desolado.

Mi nombre es Teresa Roca. Sí, don Francisco, la misma Teresa cuya vida usted ayudó a crear de la mano del gran escritor. Tanto yo como mis compañeras, doña Lola y Juana, hemos descubierto con gran dolor que somos personajes de ficción y necesitamos, para seguir adelante con nuestras vidas, de la mente de un autor.

Presentimos su muerte en el mismo momento en que empezó a rodearnos la bruma, y sabemos que pronto nos absorberá por completo. Ayúdenos a seguir vivas. Entre los cuatro podremos hacerlo, pues don Benito quiso dotarnos de una personalidad que fuera más allá de su obra. Juntos sabremos seguir defendiendo nuestros derechos como trabajadoras que somos, tal y como él quiso crearnos.

Sin más, me despido de usted afectuosamente.

Fdo. Teresa Roca

Querido don Francisco. Espero se encuentre bien al recibo de la presente. En primer lugar, quiero expresarle mi más sentido pésame por la pérdida de don Benito Pérez Galdós, pues he sabido que estaban ustedes muy unidos y que su marcha le ha dejado desolado.

Mi nombre es Teresa Roca. Sí, don Francisco, la misma Teresa cuya vida usted ayudó a crear de la mano del gran escritor. Tanto yo como mis compañeras, doña Lola y Juana, hemos descubierto con gran dolor que somos personajes de ficción y necesitamos, para seguir adelante con nuestras vidas, de la mente de un autor.

Presentimos su muerte en el mismo momento en que empezó a rodearnos la bruma y sabemos que pronto nos absorberá por completo. Ayúdenos a seguir vivas. Entre los cuatro podremos hacerlo, pues don Benito quiso dotarnos de una personalidad que fuera más allá de su obra. Juntos sabremos seguir defendiendo nuestros derechos como trabajadoras que somos, tal y como él quiso crearnos.

Y sin más, me despido de usted afectuosamente.

Fdo. Teresa Roca

Paco repasó varias veces la carta. Creía y no creía lo que acaba de leer. Era la confirmación de sus propios pensamientos de hacía tan solo unos instantes. ¿De verdad era posible que, de alguna extraña manera, aquellas mujeres hubieran cobrado vida? Estaba seguro de que esa carta no la había escrito él, que nunca se la dictó don Benito. ¿Podría tratarse de una broma macabra? Claro que no, nadie más que ellos dos conocían el texto. Entonces, ¿qué explicación podía tener?

A medida que daba vueltas sobre este asunto, más y más ideas brotaban de su mente. Dejó de lado el estado de ensimismamiento en que se encontraba tan solo unos minutos atrás, para notar su cabeza más lúcida de lo que la había sentido en toda su vida.

¡Cómo echaba de menos a don Benito! Ahora más que nunca. ¡Cuánto le gustaría contarle todo lo que estaba sucediendo! Aunque, por otro lado, pensaba que quizás él, que tantos protagonistas había creado a lo largo de su vida, hubiera tenido una intuición parecida. Alguna vez leyó que había personajes que traspasaban la frontera de la literatura para llegar al mundo de la realidad, casi como si de seres humanos se tratara. Don Quijote era, sin duda, uno de esos ejemplos. En aquella ocasión le pareció una bella metáfora, pero ahora aquellas palabras encerraban para él un sentido completamente nuevo.

Veía cómo su mente se activaba a gran velocidad, jamás se había sentido tan vivo como en aquel momento, tan lleno de luz. Comprendía ahora el mensaje de esa carta que acababa de recibir. Esas tres mujeres, fruto de la ensoñación de don Benito, se habían convertido en realidad por su deseo de estar vivas. Porque aquel universo que entre los dos crearon para ellas era su mundo y era auténtico. En él habían amado, luchado, llorado y reído. ¿Cómo no iba a ser real? ¿Acaso era más verdad la esencia de su propia existencia? ¿No se suponía que él y todo su cosmos habían sido creados también por un ser superior? ¿Dónde estaba la diferencia entre uno y otro?

Se acabó el tiempo de estar triste, pensaba mientras oía los pasos de María que se acercaba a la habitación. No podía comentarle nada de esto a ella, sabía que no lo entendería. Tenía que serenarse y ponerse manos a la obra, pues, como le había comentado Teresa, el tiempo corría en su contra, la bruma estaba a punto de absorberlas por completo y eso sería el fin. No iba a permitirlo, conocía la historia de la huelga de La Canadiense y cómo eran los personajes que don Benito creó para su novela. Solo tenía que llevarlas ante las puertas de la fábrica y poner en sus labios todas las consignas que habían gritado otras valientes mujeres, en un universo diferente, hacía tan solo unos meses. Allí estarían las tres, junto con el resto de compañeros, luchando por sus derechos y consiguiendo, no sin sufrimiento, la firma del decreto de la jornada de ocho horas. Y, mejor aún, habrían conseguido quedar para siempre inmortalizadas en los corazones de todo aquel que leyera su obra.

Estaba tan seguro de todos estos planteamientos que, de pronto, sintió celos de las tres mujeres y de todos los personajes de ficción que habían creado juntos, porque comprendió que ellos vivirían eternamente entre las páginas escritas y, cada vez que alguien volviera a leer aquellas obras o las viera representadas en un teatro, todos ellos volverían a la vida. No así él, que cuando se fuera lo haría para siempre. Este pensamiento le llevó con gran alegría a otro, pues comprendió que también don Benito, al igual que todos sus personajes, se había convertido en un ser inmortal. Así, en ese estado de revelación, cogió su pluma, papel de carta y empezó a escribir.

Capítulo 4

Cuando las campanas de Sant Agustí dieron la seis, Teresa entreabrió los ojos sin saber muy bien dónde se encontraba. Aún faltaba casi una hora para que amaneciera, ni un rayo de luz entraba por la ventana y se notaba un poco mareada. Al intentar incorporarse, sintió en su costado la cálida presencia de Rafaelillo; el niño emitió un ligero sonido y ella no se movió para evitar que despertara. Como siempre que dormía a su lado, sonrió intentando imaginar qué estaría soñando.

Con mucho cuidado, acercó la cabeza a la suya y aspiró el aroma de su pelo, ¡cómo le gustaba hacer aquello! Cuando Juana lo veía, fingía que se enfadaba diciéndole que era muy caro aquel jabón perfumado para que ella lo absorbiera de golpe. Estaba tan a gusto, tan caliente entre las sábanas, que con mucho cuidado se abrazó al niño mientras saboreaba los acontecimientos del día anterior.

¡Cómo había cambiado su vida aquella reunión del Ateneo!, pensaba medio adormilada mientras dibujaba una enorme sonrisa. Tomás tenía razón, aquello la había «despertado». Hasta ahora su mundo se limitaba a su madre, Juana, Rafaelillo, algunas amigas y el dulce recuerdo de su padre. Solo pensaba en trabajar para que Rosa y ella tuvieran una vida mejor. Es cierto que soñaba con enamorarse, aunque el concepto que poseía del amor era diferente desde ayer. Tenía que agradecérselo a Àngels, también a Tomás, por sus dulces palabras, la forma en que paseó a su lado, con una intimidad que había surgido de pronto entre los dos sin apenas darse cuenta y la manera en que se había acercado a ella, pidiéndole un beso que le hizo sentir algo hasta ahora totalmente desconocido. Una sensación tan fuerte que le obligó a salir corriendo escaleras arriba, alejando así el deseo de acercarse un poco más a él para dejarse besar lenta y apasionadamente. Notaba cómo su cuerpo se estremecía al recordarlo, en una emoción que era completamente nueva y maravillosa. Sin ser apenas consciente, se fue quedando poco a poco dormida con un dulce sabor en los labios.

—¡Teresa, hija, despierta, que son más de las ocho! —la urgió Rosa golpeando ligeramente la puerta.

La joven abrió los ojos asustada, intentando aclarar su visión a través de la escasa luz que se filtraba por la arpillera. Se había dormido, llegaría tarde al trabajo. Se incorporó intentando aclarar sus ideas, pues seguía con la cabeza un poco abotargada. Entonces, ya más tranquila, recordó que era domingo.

—¡Ya voy, madre! —contestó levantando la voz—, pero antes tengo que comerme a besos a un niño que hay en mi cama. ¿Cómo habrá llegado hasta aquí? —decía mientras comenzaba a hacerle cosquillas por todo el cuerpo al tiempo que él reía sin cesar y le pedía que parara.

—¡Anda, *aspabila* ya, que se enfría el desayuno y me tienes que ayudar a arreglar la casa! Por cierto, te he dejado una carta sobre la mesa, ayer se me olvidó contarte que la trajo el cartero y me dijo que era para ti.

—¿Una carta para mí? ¿De quién es, madre? —preguntó distraída mientras seguía jugando con el niño.

—Se te olvida que no sé leer, hija. Anda, sal ya de la habitación y déjate de tonterías, que pareces más chiquilla que el crío. Date prisa, que me tienes en ascuas con la dichosa carta.

—Espérame aquí sin moverte —le decía entre risas al niño—, que ahora mismo vuelvo a darte tu merecido.

La sonrisa se congeló en sus labios cuando, cogiendo el sobre de la mesa, vio que el remitente era Francisco Menéndez García. Sintió cómo un escalofrío recorría todo su cuerpo y, a la vez, los acontecimientos de la noche anterior empezaron a acudir a su mente de manera atropellada.

—¿Pasa algo malo, Teresa? Parece que te has *quedao* sin gota sangre en el cuerpo.

—No es nada, madre —respondió intentando disimular la inquietud que sentía—, es que hoy me he levantado un poco mareada. Voy a echarme un rato hasta que se me pase.

—Vale, hija, pues cuando estés mejor, dímelo y vuelvo a calentarte la leche.

Teresa entró en la habitación y cerró la puerta mientras su cerebro se activaba a toda velocidad intentando aclarar sus ideas. ¿Era cierto todo lo que recordaba? Había estado con los compañeros en el Ateneo, allí decidieron ir a la huelga, llegó a casa muy tarde, su madre se enfadó con ella, Juana la defendió y, de pronto, aquella niebla. Galdós, doña Lola, el otro Ateneo, Unamuno y, cubriéndolo todo, aquella intensa bruma que no dejaba de asediarlas convirtiendo su entorno en un decorado onírico, irreal y opresivo.

¡Por tanto, era cierto! ¡Había sucedido de verdad! Ahora lo sabía, todo lo ocurrido el día anterior apareció nítidamente ante sus ojos. Tras la revelación de cuál era la auténtica naturaleza de su existencia, escribió la carta a Francisco pidiéndole ayuda y ahora tenía en sus manos la respuesta. Se sentía asustada y pletórica al mismo tiempo. Tenía que decírselo a Juana y a doña Lola, aunque antes debía serenarse. Se sentó sobre la cama y rasgó el sobre, aunque tardó unos segundos en empezar a leer la carta. Mientras lo hacía acariciando al niño con su mano libre, no reparó en que la bruma se había desvanecido.

La carta de Paco

Francisco Menendez García

Madrid, enero de 1920

Querida señorita Roca

Sin reponer del estado de perplejidad que me ha
provocado el recibo de su carta, me decido a contestarle
aferrandome a la fe que, por encima de la razon, me hace creer
en el rayo de luz que de forma inexplicable ha hecho llegar
hasta mí su misiva.

He decidido desistir de intentar comprender como es
posible la conexion entre dos mundos que, aun compartiendo
escenarios reales y conocidos, solo tienen en comun la
inspiracion y el pensamiento de la persona que los imagino y
decidio con su ingenio unir lo irreal con lo tangible.

Confío por tanto que la respuesta que ahora mismo
estoy escribiendo les llegue por el mismo desconocido camino
que me ha traido a mí su ruego y petición.

Sumido en la profunda pena en la que me ha sumergido
la desaparicion de mi maestro y su creador, le contesto porque
en sus propias palabras e incertidumbre me siento reflejado.

La muerte de don Benito, igual que a ustedes, me ha
dejado huerfano, inmerso en una profunda melancolia y en una
tremenda incertidumbre en lo que a mi futuro se refiere.

Don Benito para mí lo era todo. mi jefe. pero también mi amigo y compañero. prácticamente un padre. al que dedique y con el que compartí mi vida desde que tengo recuerdos. Con él se ha ido una gran parte de mí mismo y mirar hacia delante. como me aconsejan los allegados y conocidos. es mirar hacia el abismo. Por eso entiendo y comprendo su pesar. su preocupación. su vida como la mía estaban ligadas a don Benito y. al igual que a ustedes. una profunda niebla cubre mi alma y mi futuro.

Se que uno de los mayores pesares para él al marchar ha sido dejar inacabado el relato de su lucha y sus vidas. que se decidió a contar. a inventar con un entusiasmo que hacía tiempo había perdido. Le puedo asegurar que su historia de alguna manera le devolvió a la vida. el creer la de ustedes y ustedes le dieron una poderosa raz n para seguir viviendo.

Paco solía decirme. lo que han hecho las mujeres en Barcelona. ha de pasar a la historia de nuestra nación y del mundo entero. No podemos permitir que su gesta se borre. que el polvo del tiempo y el anonimato cubra hasta hacer desaparecer su epopeya. Ellas otra vez han sido germen de algo hermoso. han dado una lección al mundo y merecen ser recordadas por ello. Ese va a ser mi empeño Paco. presiento que será el último. pero será una forma hermosa de irme de este mundo.

El, desgraciadamente, ya no podía escribir pero su mente seguía lúcida y su corazón, ya muy débil y enfermo, todavía podía amar, amar la vida y la crónica que las hizo a ustedes protagonistas.

Yo fui su mano, sus ojos, el receptor y transcriptor de su ingenio. Con él se fue nuestro futuro, y el creador de su existencia y su memoria.

Sé, porque le conocía como un hijo conoce a su padre, que le pedía a la misma providencia, en la que el nunca creyó, que le otorgara un día mas, otro día para acabar su ultimo episodio.

Por esto, porque se lo debo, porque me resisto a dejar que se vaya, porque ustedes y el lo merecen y porque gracias a su carta he encontrado un sentido para continuar el camino, he decidido desde la humildad de mi pobre talento continuar su relato, dejar acabado ese ultimo episodio de su obra y su vida, y así darles también a ustedes la oportunidad de seguir existiendo, de que formen parte del universo literario de un gran genio, del recuerdo de todos los que en un próximo futuro lean su historia, aquella que le dio a el una razón para aferrarse a la vida y a ustedes la oportunidad de vivir para siempre.

Espero que puedan recibir esta carta, en la que también les expreso mi enorme gratitud. Ustedes y yo existimos gracias a el y a el y a ustedes ahora debo el sentido de mi vida. Muy agradecido y muy esperanzado su hermano que las ama. Francisco.

¡Querida señorita Roca!

Sin reponer del estado de perplejidad que me ha provocado el recibo de su carta, me decido a contestarle aferrándome a la fe que, por encima de la razón, me hace creer en el rayo de luz que de forma inexplicable ha hecho llegar hasta mí su misiva.

He decidido desistir de intentar comprender cómo es posible la conexión entre dos mundos que, aun compartiendo escenarios reales y conocidos, solo tienen en común la inspiración y el pensamiento de la persona que los imaginó y decidió con su ingenio unir lo irreal con lo tangible.

Confío por tanto que la respuesta que ahora mismo estoy escribiendo les llegue por el mismo desconocido camino que me ha traído a mí su ruego y petición.

Sumido en la profunda pena en la que me ha sumergido la desaparición de mi maestro y su creador, le contesto porque en sus propias palabras e incertidumbre me siento reflejado.

La muerte de don Benito, igual que a ustedes, me ha dejado huérfano, inmerso en una profunda melancolía y en una tremenda incertidumbre en lo que a mi futuro se refiere.

Don Benito para mí lo era todo, mi jefe, pero también mi amigo y compañero, prácticamente un padre, al que dediqué y con el que compartí mi vida desde que tengo recuerdos. Con él se ha ido una gran parte de mí mismo y mirar hacia delante, como me aconsejan los allegados y conocidos, es mirar hacia el abismo. Por eso entiendo y comprendo su pesar, su preocupación, su vida como la mía estaban ligadas a don Benito y, al igual que a ustedes, una profunda niebla cubre mi alma y mi futuro.

Sé que uno de los mayores pesares para él al marchar ha sido dejar inacabado el relato de su lucha y sus vidas, que se decidió a contar, a inventar con un entusiasmo que hacía tiempo había perdido. Le puedo asegurar que su historia de alguna manera le devolvió a la vida, el creó la de ustedes y ustedes le dieron una poderosa razón para seguir viviendo.

—¡Paco! —solía decirme—, lo que han hecho las mujeres en Barcelona ha de pasar a la historia de nuestra nación y del mundo entero. No podemos permitir que su gesta se borre, que el polvo del tiempo y el anonimato cubra hasta hacer desparecer su epopeya. Ellas otra vez han sido germen de algo hermoso, han dado una lección al mundo y merecen ser recordadas por ello. Ese va a ser mi empeño, Paco, presiento que será el último, pero será una forma hermosa de irme de este mundo.

Él, desgraciadamente, ya no podía escribir pero su mente seguía lúcida y su corazón, ya muy débil y enfermo, todavía podía amar, amar la vida y la crónica que las hizo a ustedes protagonistas.

Yo fui su mano, sus ojos, el receptor y transcriptor de su ingenio. Con él se fue nuestro futuro, y el creador de su existencia y su memoria.

Sé, porque le conocía como un hijo conoce a su padre, que le pedía a la misma providencia, en la que él nunca creyó, que le otorgara un día más, otro día para acabar su último episodio.

Por esto, porque se lo debo, porque me resisto a dejar que se vaya, porque ustedes y él lo merecen y porque gracias a su carta he encontrado un sentido para continuar el camino, he decidido desde la humildad de mi pobre talento continuar su relato, dejar acabado ese último episodio de su obra y su vida, y así darles también a ustedes la oportunidad de seguir existiendo, de que formen parte del universo literario de un gran genio, del recuerdo de todos los que en un próximo futuro lean su historia, aquella que le dio a él una razón para aferrarse a la vida y a ustedes la oportunidad de vivir para siempre.

Espero que puedan recibir esta carta, en la que también les expreso mi enorme gratitud. Ustedes y yo existimos gracias a él, y a él y a ustedes ahora debo el sentido de mi vida.

Muy agradecido y muy esperanzado, su hermano que las ama, Francisco.

Capítulo 5

Aquella noche a Teresa le fue imposible conciliar el sueño. Los acontecimientos tan reveladores vividos la habían sumido en un estado donde convivían la inquietud con la esperanza y la ilusión. Ese poderoso cóctel la mantuvo toda la noche en vela. Esta vez, las campanadas de las seis de la iglesia de San Agustí la encontraron completamente despierta, con una extraña sensación de lucidez. Con cuidado de no despertar al pequeño Rafaelillo, se levantó y salió de la habitación. En la pequeña estancia que hacía las veces de cocina, comedor y sala de estar, sentadas en torno a una mesa camilla tras unos humeantes tazones de leche, se encontraban Juana y su madre.

—¿Tú tampoco has podido dormir? —preguntó Juana.

—No —contestó lacónica Teresa.

—No sé qué está pasando, ni dónde estuvisteis anoche las dos —comentó Rosa en una especie de reproche resignado—. No entiendo *na*, pero estoy muy *preocupá*, ayer os fuisteis muy tarde y volvisteis de *madrugá* sin darme ninguna explicación y dejándome sola con el crío.

—No se preocupe usted, madre, confíe en nosotras.

—¿Cómo voy a confiar en vosotras si os vais a meter en el lío ese de la huelga? Mira, Teresa, tú eres muy joven, tienes toda la vida por delante. Eres una chica lista y dispuesta, pronto te enamorarás, si eliges bien podrás ser tan feliz como lo fuimos tu padre y yo. Si hoy vas a esa huelga, lo menos que te puede pasar es que te muelan a palos los guardias o los matones del patrón, que termines en un calabozo o, peor aún, en el hospital. Todavía estás a tiempo de evitarlo, hija. Porque tú no vayas no va a pasar *na*.

—Madre, eso ya está hablado —dijo Teresa con decisión—, no puedo echarme atrás ahora. No quiero hacerlo. Aunque usted no lo entienda le aseguro que, si hoy no voy a esa huelga, no habrá futuro para ninguna de nosotras —aseguró mientras cruzaba una mirada de complicidad con Juana.

—No me vengas con monsergas anarquistas que yo soy tu madre, no uno de esos *iluminaos* del Ateneo. Sé que no me vas a hacer caso porque eres digna hija de tu padre, igual de cabezota que él, cuando se te mete una cosa en la cabeza *pa qué queremos más*. Me vais a dejar aquí en un sinvivir, otra vez sola con el niño, porque tú, Juana, me has prometido que vas a cuidar de ella.

—No te preocupes, Rosa, no voy a permitir que le pasa nada a la Tereseta. Soy capaz de matar a quien le ponga la mano encima.

—Lo sé, Juana, vas a cuidar de ella como una loba a sus cachorros, pero ni eso me tranquiliza.

—Madre, Juana no debería venir, ya tiene suficientes problemas y un hijo al que cuidar.

—¡De eso nada! La Juana se va contigo, me lo prometió. Del niño me encargo yo, si no atranco la puerta, me trago la llave y de aquí no sale ni Dios.

Apenas pasadas las siete Juana y Teresa abandonaban el portal del carrer Espalter, n.º 4 para girar a la derecha, poco después, por el carrer de Sant Pau, desde allí al Parallel, muy cerca ya de la fábrica. Caminaban en silencio, cogidas del brazo.

—Juana, de verdad, no hace falta que vengas.

—Estás loca, Tereseta, si piensas que te voy a dejar sola, además, si vuelvo sin ti, tu madre me mata.

—Ya lo sé, pero es que me parece que te estoy metiendo en un fregado que nada tiene que ver contigo. Esto solo nos afecta a mis compañeros y a mí. No me parece bien que te expongas, además tienes un hijo por el que luchar.

—Mira, niña, todo lo que te afecte a ti tiene que ver conmigo, porque mi hijo, tu madre y tú sois mi única familia. Además, esto que estáis haciendo es mucho más grande que la empresa de La Canadiense. Recuerda las palabras de Francisco, todos y especialmente nosotras nos estamos jugando el futuro aquí. Está en juego el de muchos como tú y como yo, el de los que vendrán después.

Lo que suceda será digno de contarse en las crónicas, en los libros de historia, pues ocurrirá gracias al impulso, a la fuerza de las mujeres, mujeres trabajadoras como tú y como yo, Teresa. Aquí está en juego mucho más que el salario y la jornada, también la dignidad y el porvenir de todos nosotros. No me puedes pedir que me quede al margen, que no te acompañe, que no sea parte de esa lucha por conseguir un mañana mejor. ¿O es que crees que si las cosas fueran de otra manera yo me habría tenido que echar a la calle? ¿De verdad crees que elegí «la vida fácil» por vicio?

—— Juana, por favor, no digas eso, yo…

—Déjame hablar, Teresa —la interrumpió Juana con firmeza—. Nunca te lo dije, pero hace seis años, al poco de establecerme en Barcelona, empecé a trabajar para la empresa Riegos y Fuerzas del Ebro, ¿te suena, verdad?, tu querida Canadiense. Pues bien, era solo un poco mayor de lo que eres tú ahora. Al principio todo fue bien, tenía un jefe que parecía respetarme y apreciar mi trabajo hasta que aquel aprecio lo disfrazó de amor. Un amor que únicamente yo sentí de verdad porque, en cuanto supo que estaba embarazada, no solo me abandonó, sino que me despidió «porque una empresa tan respetable no podía permitirse semejante escándalo», me dijo, y mucho menos su familia porque, ahora confesaba, estaba casado.

¿Imaginas cómo me sentí, Teresa? Además, yo sabía que mi familia se llevaría un gran disgusto, pero nunca pensé que me daría la espalda. Me vi obligada a meter mi vida en una maleta y salir en busca de trabajo. Tenía que irme donde nadie me conociera; mientras no se notara mi embarazo, pensé, podría encontrar un empleo y después ya vería. Después… ¿Y mientras? ¿Dónde dormiría si apenas tenía nada ahorrado?

No quiero hacerte sufrir contándote mi vida. Solo intento que entiendas por qué voy a estar a tu lado a las puertas de la empresa. Porque, como mujer, tengo la necesidad de defender nuestros derechos. Si los hombres nos respetaran como a iguales, no tendríamos que vernos en situaciones como la mía. Si yo hubiera encontrado algún trabajo con un sueldo decente para poder pagarme alojamiento y sustento para mi hijo y para mí, no habría acabado alquilando mi cuerpo, ignorando mi dignidad.

Mi querida niña, tú aún no sabes lo hermoso que es abandonarse a un hombre por amor, y lo despreciable que es hacerlo por necesidad. Por eso, porque no quiero que lo descubras nunca y porque deseo otra vida para mí y para mi hijo, estoy aquí, y ni tú ni nadie me va a convencer de que dé un paso atrás.

Teresa no podía más, se paró y abrazó a su amiga mientras esta seguía hablando.

—Quiero estar en esta lucha contigo y con todas mis hermanas, porque es para mí la oportunidad de sentirme tan necesaria como cualquiera de vosotras.

—Perdóname, Juana, siempre te he querido y respetado, jamás te juzgué, porque sé que eres como yo, con peor suerte, eso sí, pero con la fuerza y la grandeza que solo tienen las personas que luchan hasta donde haga falta por los suyos. Simplemente tengo miedo de que se cumplan los pronósticos de mi madre, tú tienes un hijo al que cuidar.

—Precisamente por eso, Teresa. Es mi hijo quien guía mis pasos para estar hoy contigo.

En la puerta de la fábrica ya se concentraba un buen número de personas, la mayoría mujeres, algunas de las cuales también estaban entre los trabajadores que trataban de impedir el acceso a la misma. Juana temió encontrarse con su antiguo jefe, el padre de su hijo, aunque se tranquilizó pensando, no sin amargura, que hacía tiempo que ni ella misma se reconocía en el espejo.

Mientras tanto, una compañía de guardias armados intentaba mantener acotada y controlada la concentración cada vez más numerosa. Entre todos destacaba la imponente figura de doña Lola, que discutía con el sargento al mando de la dotación. Las dos amigas se acercaron a ella para apoyarla con su presencia mientras el rostro del sargento palidecía al reconocer a Juana, la cual, con la cabeza alta, cruzó con él una mirada de firmeza y sonriendo parecía retarle a confesar de qué la conocía.

Epílogo

La huelga de La Canadiense en los primeros meses de 1919 supuso un hito incuestionable en la lucha del movimiento obrero y de la organización sindical. Precedida por un largo periodo de conflictividad social, se inició como una lucha localizada en la compañía Riegos y Fuerzas del Ebro, filial de La Canadiense Barcelona Traction Light and Power Company. Esta pugna local creció rápidamente, sumándose importantes sectores industriales, comerciales y de servicios de la ciudad de Barcelona, para desembocar finalmente en una huelga general.

A pesar de la dura represión, la huelga fue un rotundo éxito. El conflicto duró 44 días y consiguió parar más del 70 % de la industria catalana, incluido todo el transporte público. Además, consolidó a la Confederación Nacional del Trabajo (CNT) como la principal organización sindical del país.

Al Gobierno de España, presidido por el conde de Romanones, no le quedó más remedio que sentarse a negociar y aceptar prácticamente todas las reivindicaciones de los trabajadores, entre las que se encontraba la jornada de ocho horas, siendo España el primer país europeo y uno de los primeros del mundo en aprobar esta medida.

La huelga finalmente fue desconvocada el 19 de marzo, después de un multitudinario mitin en la plaza de toros de Las Arenas de Barcelona, en la que intervinieron, entre otros, el líder sindical Salvador Seguí.

La huelga de La Canadiense está considerada como una de las más importantes de España y un referente para Europa y el mundo. Un acontecimiento digno de ser mencionado y recordado en las crónicas de la historia de España.

Agradecimientos

A la Universidad para Mayores de la Complutense.

A nuestros profesores de Literatura de la Universidad Complutense de Madrid, Ana Martínez Muñoz (actualmente de la Universidad Francisco de Vitoria) y Javier Cuesta Guadaño, por su entusiasmo, por su pasión, por habernos transmitido tanto amor por la literatura.

A Rosa Iglesias, por su trabajo y atención.

A Rafa Yáñez, por su compromiso con todos los alumnos de la Universidad para Mayores, por su apoyo y su cariño.

A Elena Valera, magnífica profesora y mejor amiga, por su imprescindible ayuda.

A nuestra amiga Natalia Yepes, por haber diseñado la ilustración de la cubierta.

A Enrique, Manolo, Yolanda y a los amigos y amigas que quisieron leer el borrador y nos animaron a continuar escribiendo.

Y a nuestras compañeras y compañeros de la Universidad para Mayores que, gracias a su apoyo y cariño, han convertido esta en algo tan especial.

¡Sois maravillosos!